Analyse de l'œuvre

Par Laura Clements

La Pierre de Lune

Wilkie Collins

lePetitLittéraire.fr

Analyse de l'œuvre

Par Laura Clements

La Pierre de Lune

Wilkie Collins

lePetitLittéraire.fr

Rendez-vous sur lepetitlitteraire.fr et découvrez :

Plus de 1200 analyses
Claires et synthétiques
Téléchargeables en 30 secondes
À imprimer chez soi

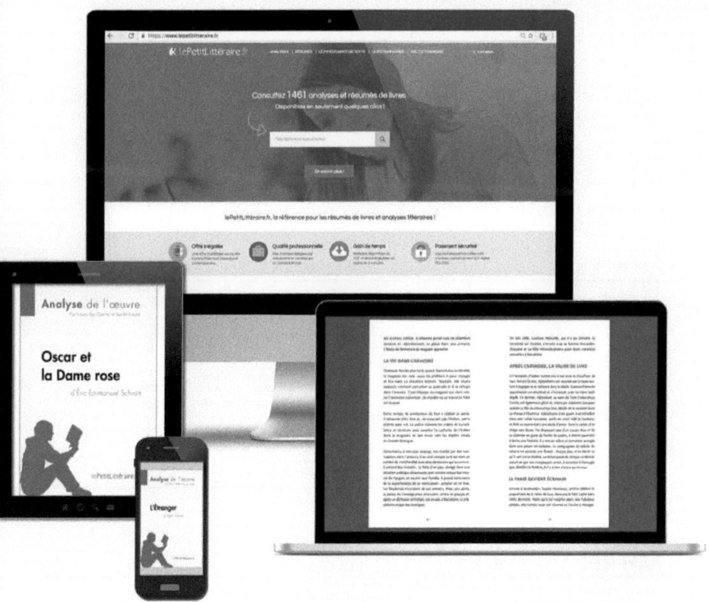

WILKIE COLLINS

UN ROMANCIER ANGLAIS
DE L'ÈRE VICTORIENNE

- **Né à Londres en 1824.**
- **Décédé à Londres en 1889.**
- **Travaux notables :**
  - *La Femme en blanc* (1859), roman
  - *Sans nom* (1862), roman
  - *Armadale* (1866), roman

Wilkie Collins naît à Londres, où il passe la majeure partie de sa vie adulte. Il est baptisé sous le nom de « William Wilkie Collins » mais choisit d'abandonner le « William » à l'âge adulte, ce que l'*Oxford Dictionary of National Biography* décrit comme étant « typique de son aversion pour les formalités ». C'est lorsqu'il est envoyé en pensionnat que Collins découvre ses talents de conteur, qu'il aurait utilisés pour apaiser les démons de son enfance. Après avoir terminé ses études, son premier emploi est celui de commis dans le bureau d'un marchand de thé du Strand, mais il n'est pas intéressé par son travail et passe ses heures de bureau à écrire. Même après avoir quitté son travail pour poursuivre une carrière d'écrivain, Collins reste intrigué par le monde juridique, ce qui se reflète dans ses romans. Collins rencontre l'écrivain Charles Dickens (1812-1870) en 1851, ce qui donne lieu à l'une des amitiés les plus lucratives de sa vie, puisqu'il devient un collaborateur régulier des périodiques de Dickens. Collins souffre d'une mauvaise santé tout au long de sa vie adulte et meurt d'une bronchite à son domicile. La popularité de l'œuvre de Collins décline après sa mort, à l'exception de ses deux romans les plus célèbres : *La femme en blanc* et *La pierre de lune*.

LA PIERRE DE LUNE

UN ROMAN POLICIER ANGLAIS CLASSIQUE

- **Genre :** roman
- **Edition de référence :** Collins, W. (1999) *The Moonstone*. Oxford : Oxford University Press.
- **1ère édition :** 1868
- **Thèmes :** impérialisme, vol, commerce, marchandises importées, diamants, mystère, progrès de la médecine.

The Moonstone est publié en fascicules dans des magazines à l'époque victorienne et est considéré comme le roman fondateur du genre policier anglais. L'intrigue suit le destin de la pierre de lune, depuis ses origines en Inde jusqu'à son vol par un militaire anglais qui la confie à sa famille. Le roman s'intéresse à sa disparition dans une maison de campagne anglaise à la fin des années 1840. L'écriture de Collins est méticuleusement détaillée et entraîne le lecteur dans une quête pour percer le mystère. Le roman est raconté par une série de personnages, qui ont tous leur propre connaissance de la disparition de la pierre de lune. C'est donc au lecteur qu'il incombe de rassembler les différents fils de ce récit et de trouver la fameuse Pierre de Lune. Les œuvres policières ultérieures, qu'elles soient littéraires ou cinématographiques, se doivent à ce récit central de Collins.

RÉSUMÉ

LA FÊTE D'ANNIVERSAIRE

Lors de la fête de son 18e anniversaire, Mlle Rachel reçoit en cadeau le diamant Moonstone, qui a été volé à une tribu hindoue par son défunt oncle, membre de l'armée anglaise. Elle porte le diamant autour du cou pendant la fête et le met en sécurité dans l'armoire de son salon avant de se coucher. Lorsque Rachel se réveille le matin, le diamant a été enlevé de son armoire et une enquête s'ensuit. Les jongleurs indiens qui ont animé l'anniversaire de Rachel observent de près la famille, et plusieurs personnages soupçonnent qu'ils sont liés aux Hindous et tentent de récupérer leur diamant. Lady Verinder, la maîtresse de maison, désapprouve le cadeau apporté dans la maison familiale par le prétendant de sa fille, Franklin Blake. Le sergent Cuff est chargé de l'affaire et commence à porter des accusations contre les membres de la maison, comme la servante Rosanna Spearman, et même contre Mlle Rachel elle-même.

LE SABLE FRISSONNANT

Les soupçons pèsent sur Rosanna Spearman, et il est révélé qu'elle s'est suicidée. Franklin Blake suit sa trace pour en savoir plus sur son implication présumée dans le vol. Il apparaît clairement que Rosanna Spearman s'est donné beaucoup de mal pour dissimuler un paquet avant de s'enlever la vie. Après avoir suivi les instructions contenues dans une lettre qu'il a reçue de Rosanna, Franklin Blake a reçu l'ordre de « faire ce que l'on vous dit de faire dans le mémorandum joint à la présente – et de le faire sans qu'aucune personne ne soit présente pour vous surveiller » (p. 302). Ces instructions le conduisent sur la plage, où il sort une boîte de conserve des sables mouvants. La boîte contient une chemise de nuit avec une tache de peinture rouge (provenant de la porte fraîchement peinte de Rachel la nuit du vol), avec son propre nom sur l'étiquette. Il est révélé que Rosanna a trouvé une tache de peinture sur les draps de Franklin qu'elle avait essayé de cacher pour le protéger, car elle était amoureuse de lui. Auparavant, la porte mouillée avait été mentionnée au début de l'enquête, lorsqu'une tache avait été remarquée sur la peinture fraîche, mais le sergent Cuff a rejeté l'idée du commissaire Seegrave selon laquelle il pourrait s'agir d'une preuve, puisque la peinture aurait été « *sèche depuis huit heures* » au moment où l'un des domestiques s'occupait de la chambre. Cet indice, laissé par Rosanna, est le point le plus important pour révéler qui a pris la Pierre de Lune dans le cabinet de Rachel. Rosanna s'est suicidée car elle n'a pas réussi à attirer l'attention de Franklin pour le prévenir de son implication, malgré ses efforts pour le protéger.

L'OPIUM DU DR CANDY

Après cette révélation, Franklin Blake rencontre Rachel. Elle lui dit carrément qu'elle l'a vu prendre la Pierre de Lune dans son cabinet, mais qu'elle a décidé de garder le secret pour protéger leurs deux réputations. Cela explique pourquoi Rachel s'est désintéressée de l'enquête et pourquoi elle a évité Franklin alors qu'elle était auparavant affectueuse envers lui. Après avoir eu cette conversation avec Rachel, Franklin retourne dans le Yorkshire où il rencontre Ezra Jennings, l'assistant du Dr Candy qui est tombé malade le soir de la fête d'anniversaire un an plus tôt. Jennings raconte comment, le soir du dîner de Rachel, le docteur « a trouvé un message urgent d'un patient qui l'attendait ; et il est malheureusement allé immédiatement rendre visite à la personne malade, sans s'arrêter pour changer de vêtements » (p. 367), ce qui a provoqué une fièvre le lendemain. Cette maladie a rendu le Dr Candy incapable de travailler tout au long de l'enquête. Franklin Blake révèle à Jennings qu'il y a un an, il dormait mal, mais que la nuit de la fête était une exception. Jennings demande à Blake s'il se souvient « d'être entré dans une sorte de dispute avec [le Dr Candy] – lors du dîner d'anniversaire, ou après – sur le sujet de sa profession ? » (p. 380). (p. 380). Cette question amène Blake à se souvenir qu'il a « attaqué l'art de la médecine à la table du dîner avec suffisamment de témérité et de pertinence pour mettre même M. Candy hors de lui pendant un moment » (*ibid.*). Jennings révèle ensuite que le Dr Candy a secrètement donné de l'opium à Blake à son insu en raison des critiques qu'il a formulées, ce qui l'a poussé à prendre le Diamant en transe. Sa prise de la Pierre de Lune a été provoquée par ses inquiétudes quant à sa sécurité dans la maison. Ceci est confirmé lorsqu'ils reconstituent les événements de la soirée. Cela démontre comment Franklin Blake a été utilisé comme expérience médicale, ce qui reflète le développement des connaissances scientifiques de l'ère victorienne en Angleterre.

ABLEWHITE THE SAILOR

À la fin du roman, la Pierre de Lune est retrouvée dans une auberge au bord de l'eau où se trouve le corps d'un homme mort mais pas de diamant. La véritable identité du cadavre est révélée lorsqu'ils remarquent que le marin porte un déguisement et que le sergent Cuff « trace avec son doigt une fine ligne d'un blanc livide, partant du front du mort, entre le teint basané et les cheveux noirs légèrement dérangés » (p. 444). Après avoir retiré le déguisement bien caché du cadavre, il apparaît clairement que celui-ci n'est autre qu'Ablewhite, le cousin et ex-fiancé de Rachel. Blake et Cuff découvrent qu'Ablewhite était sur le point de se rendre à Amsterdam pour faire tailler la pierre afin de renflouer un fonds fiduciaire qu'il avait détourné, et qu'il a utilisé la Pierre de Lune comme caution pour un prêt. Il a donc profité de l'état d'esprit de Franklin, sous l'emprise de l'opium, pour s'emparer du diamant, au lieu de le rendre à la banque comme on le lui avait demandé. Cependant, Ablewhite a été tué par les jongleurs indiens avant qu'il ne parvienne à embarquer sur son bateau pour Amsterdam. Une fois le mystère résolu, Rachel et Franklin se réconcilient et se marient. L'épilogue de l'aventurier M. Murthwaite révèle comment la pierre de lune a été renvoyée en Inde et placée sur le front de la statue du Dieu Lune, où elle avait été trouvée par le colonel Herncastle dans le prologue du roman.

ÉTUDE DE CARACTÈRE

GABRIEL BETTEREDGE

L'intendant de Lady Verinder, pour laquelle il a travaillé toute sa vie. La famille lui demande d'écrire un rapport sur l'affaire de la Pierre de Lune volée, ce qui constitue la première période de l'histoire.

MLLE RACHEL

Mlle Rachel reçoit le diamant de son oncle comme cadeau pour son 18e anniversaire. Elle place le diamant dans son cabinet pendant la nuit et il est volé. Betteredge croit que le diamant agit comme une sorte de malédiction sur Rachel, déclarant que « quelqu'un est obligé de mettre ce diamant pestiféré entre les mains de Mlle Rachel le jour de son anniversaire » (p. 43). Rachel rejette l'offre de mariage d'Ablewhite parce qu'elle est amoureuse de Franklin, mais elle perd confiance en lui après l'avoir vu prendre la Pierre de Lune. Cependant, elle finit par accepter d'épouser Godfrey, mais rompt les fiançailles lorsqu'elle en vient à croire qu'il l'épouse pour l'argent dont elle a hérité à la mort de sa mère. Rachel hésite à s'ouvrir après le vol de la Pierre de Lune, mais semble désemparée face aux accusations selon lesquelles elle pourrait être impliquée dans sa disparition. C'est un personnage très loyal, qui ne reculera devant rien pour protéger Franklin Blake malgré sa méfiance à son égard.

EZRA JENNINGS

Ezra Jennings est l'assistant médical du Dr Candy, qui aide Franklin Blake à découvrir comment il a pris la Pierre de Lune. L'*Oxford Dictionary of National Biography* (ODNB) raconte que Collins était très malade lorsqu'il écrivait *La Pierre de Lune*, et que l'utilisation de laudanum par Jennings pour gérer ses symptômes reflète les propres expériences de Collins avec la maladie.

M. FRANKLIN BLAKE

M. Franklin Blake est au centre de l'intrigue romanesque du roman en raison de son amour pour Mlle Rachel. Il est chargé d'offrir le diamant à Rachel le jour de son 18ᵉ anniversaire, et c'est également lui qui, sous l'emprise de l'opium, le prend dans le cabinet. C'est sa nature confiante qui entraîne la disparition de la Pierre de Lune lorsqu'il la remet à Godfrey Ablewhite pour qu'il la rende à la banque. Il ne se souvient pas d'avoir pris la Pierre de Lune, mais une conversation avec Rachel révèle qu'elle l'a vu de ses propres yeux s'en emparer. Cependant, la croyance de Franklin en sa propre innocence guide le reste de l'intrigue alors qu'il tente de se disculper. M. Franklin est plus un détective que le sergent Cuff, et de tous les personnages du roman, il est celui qui ne reculera devant rien pour retrouver la Pierre de Lune et prouver sa valeur à Mlle Rachel.

DR. CANDY

Le docteur Candy tombe malade le soir de l'anniversaire de Rachel et ne se rétablit qu'au terme de l'enquête. Son assistant, Ezra Jennings, révèle que le docteur a donné à Franklin une dose d'Opium à son insu la nuit du vol pour régler un différend sur la médecine moderne.

JOHN HERNCASTLE

Herncastle est présenté dans le prologue. Il a combattu dans l'armée britannique contre l'Inde et leur a volé la Pierre de Lune en 1799. Il est l'oncle de Rachel et lui laisse le diamant en héritage. Au fur et à mesure que l'intrigue se déroule, il devient évident que ce cadeau a été offert dans le but de porter malheur à la famille de Lady Verinder.

M. GODFREY ABLEWHITE

Godfrey Ablewhite est un philanthrope connu et de très bonne réputation : « Il aimait tout le monde. Et tout le monde l'aimait » (p. 55). Malgré sa supercherie et son implication directe dans la disparition de la Pierre de Lune, il est d'abord décrit favorablement comme « un bon Samaritain par choix » qui s'est impliqué dans « les sociétés maternelles pour enfermer les femmes pauvres ; les sociétés magdaléniennes pour sauver les femmes pauvres » (p. 54). La participation d'Ablewhite à un changement social croissant brosse le portrait d'une personne positive et bienveillante. Ablewhite réussit à demander Rachel en mariage, mais les fiançailles sont annulées lorsque Rachel découvre qu'il essaie d'accéder à la fortune dont elle a hérité. Plus tard, Franklin et Cuff remontent la piste du diamant jusqu'à un marin qui a été tué. Il s'avère alors que le marin mort est Ablewhite, qui vivait déguisé. Lorsque Godfrey est retrouvé, on apprend qu'il avait auparavant mis en gage la pierre de lune et que, après l'avoir récupérée, il prévoyait de l'emmener à Amsterdam pour la faire découper.

ROSANNA SPEARMAN

Rosanna Spearman est l'une des femmes de chambre de Lady Verinder, une voleuse repentie, dont le sergent Cuff pense qu'elle est impliquée dans la disparition du diamant en raison de son passé. Rosanna est amoureuse de Franklin Blake et, après avoir dissimulé des informations qui indiquent son implication dans le vol, elle se suicide. Le sergent Cuff pense que Rachel utilisait Rosanna pour l'aider à vendre la Pierre de Lune afin de rembourser des dettes privées.

SERGENT CUFF

Le sergent Cuff est écarté de l'affaire parce qu'il est convaincu que Rachel était impliquée dans le vol de son propre diamant, en collusion avec Rosanna Spearman. Cuff est l'enquêteur professionnel du récit, qui continue à tenter de résoudre le mystère même lorsqu'il a été démis de ses fonctions.

ANALYSE

LA GRANDE-BRETAGNE ET L'INDE

La pierre de lune de Collins est une pierre fictive qui fait écho au diamant Koh-i-Noor de l'époque victorienne, qui a été arraché à l'Inde et offert à la reine Victoria après la conquête britannique du Pendjab (1849). En tant que telle, la pierre de lune est un symbole des relations nationales tendues entre la Grande-Bretagne et l'Inde. Betteredge décrit le diamant comme étant « aussi grand, ou presque, qu'un œuf de pluvier ! La lumière qui en jaillissait était comme celle de la lune de la moisson. Quand on regardait la pierre, on regardait une profondeur jaune qui attirait les yeux vers elle, de sorte qu'ils ne voyaient rien d'autre » (p. 61). Cette description reflète l'apparence du diamant Koh-i-Noor qui fait maintenant partie des joyaux de la couronne britannique. Le prologue établit ce lien contextuel en racontant la prise de Seringapatam, qui a eu lieu sous les ordres du général Baird (chef militaire britannique, 1757-1829) le 4 mai 1799, dans un extrait d'un journal familial. Le journal raconte comment John Herncastle a pris le diamant pendant le siège et comment le narrateur pense qu'« il vivra pour le regretter, s'il garde le diamant, et que d'autres vivront pour regretter de le lui prendre, s'il le donne » (p. 6). Melissa Free affirme que « si les contemporains de Collins étaient familiers avec l'"empire", ils avaient tendance à le percevoir comme quelque chose qui existait en dehors de la nation, mais pas en tant que partie intégrante de celle-ci, et ses critiques du XIXe siècle – sans doute en raison de cette croyance – n'ont pas considéré *The Moonstone* comme une pièce de critique sociale » (2006 : 344).

En tant que tel, le diamant est fréquemment associé au langage colonialiste. Après une conversation avec M. Franklin sur leur «tranquille maison anglaise soudainement envahie par un diamant indien diabolique» (p. 33), il oppose cette superstition orientale au colonialisme croissant en Angleterre. Betteredge demande : «Qui n'a jamais entendu une chose pareille – au XIXe siècle, remarquez ; à une époque de progrès, et dans un pays qui se réjouit des bienfaits de la constitution britannique ? ». (*ibid.*). De plus, Robert McCrum soutient que le prologue «relie chaque détail de l'intrigue au grand drame impérial de l'Inde, la société sur laquelle la reine Victoria allait finalement se déclarer "impératrice". Dès le départ, le facteur indien imprègne le récit du sinistre mystère de l'Orient» (2014). Le sort final du diamant est révélé à la fin du roman dans une lettre écrite par M. Murthwaite à M. Bruff (datée de 1850). Murthwaite écrit qu'il a voyagé de la région de Kattiawar à la ville de Somnauth pour assister à une cérémonie en l'honneur du dieu de la Lune. Il raconte comment :

> *« Là, élevé sur un trône, assis sur son antilope typique, avec ses quatre bras tendus vers les quatre coins de la terre – là, planait au-dessus de nous, sombre et terrible dans la lumière mystique du ciel, le dieu de la Lune. Et là, dans le front de la divinité, brillait le Diamant jaune, dont la splendeur m'avait éclairé pour la dernière fois en Angleterre, du sein d'une robe de femme ! » (p. 466)*

En tant que telle, la pierre de lune représente l'Inde qui se rebelle contre la domination coloniale anglaise.

LES TENSIONS RACIALES

Ces idées de tensions coloniales se traduisent également par des questions de race. Betteridge raconte que « le Diable (ou le Diamant) a possédé ce dîner » (p. 69). Cela donne l'idée que la pierre de lune, qui provient des Hindous, établit une atmosphère de tension raciale comme source du « mal » exotique dans le récit. Il y a beaucoup d'autres illustrations malveillantes de la race dans le récit, comme le « faux visage brun » (p. 304) des sables mouvants qui cachent la chemise de nuit de Blake, les visages des Indiens qui imprègnent le récit, et le visage peint du Godfrey Ablewhite déguisé. Ces images associent l'orientalisme au mystère et à la dissimulation dans le roman. La Pierre de Lune elle-même est également liée à des images d'obscurité. Lorsque Rachel reçoit la Pierre de Lune, Betteridge note que Lady Verinder « a adopté la vision la plus noire possible des motifs du colonel, et qu'elle était déterminée à retirer la Pierre de Lune de la possession de sa fille à la première occasion » (p. 62). Cependant, il est injuste de qualifier *La Pierre de Lune* de roman « raciste », car il doit être examiné dans son propre contexte. Dans l'Angleterre victorienne, le monde oriental était considéré comme mystérieux et inconnu, une civilisation barbare devant être civilisée par le colonialisme anglais. En tant que tel, ce Diamant importé et tout ce qui le touche est exprimé par Collins comme ayant été contaminé par une influence étrangère.

LE ROMAN POLICIER MODERNE

La Pierre de Lune est souvent considéré comme le premier roman policier. Cependant, l'ODNB conteste cette affirmation, déclarant que, « bien qu'il ne s'agisse pas du premier roman policier, il s'agit d'un classique du genre, dont de nombreuses caractéristiques ont été empruntées à plusieurs reprises par des auteurs ultérieurs tels qu'Arthur Conan Doyle, Agatha Christie et Dorothy Sayers ». Le roman est divisé en deux périodes : la première décrit la disparition de la Pierre de Lune, racontée par Gabriel Betteredge, et la seconde contient huit récits différents. Ainsi, le roman crée un effet de patchwork de preuves qui se rejoignent dans la révélation finale. Les lecteurs du roman deviennent les détectives de Collins. Melissa Free affirme que « pour souligner – voire solliciter – le rôle interprétatif actif du lecteur, Collins structure le texte comme un document d'archives, construit l'intrigue comme un mystère, et positionne les lecteurs fictifs et réels comme juges et détectives » (p. 341). L'argument de Free démontre comment la présentation archivistique du roman de Collins place le lecteur dans une position où il doit littéralement reconstituer les pièces du mystère. Free poursuit : « la compilation de lettres, de rapports, de notes, de coupures de journaux, d'entrées de journaux, de testaments et même d'un reçu [...] sert de témoignage à l'attention du lecteur » (*ibid.*).

SENSATIONNALISME

La presse écrite victorienne s'est développée avec l'introduction de la publication dans les journaux, et

The Moonstone a été, comme le dit John Sutherland dans ses notes d'introduction au roman, « publié pour la première fois dans un format de journal à deux sous, par tranches de la longueur d'un bulletin » (1999 : xxiv). Ainsi, *The Moonstone* a été initialement publié en série dans le magazine de Dickens *All The Year Round* (janvier-août 1868). Les publications en série ont rendu les romans plus abordables pour les lecteurs de la classe moyenne qui auraient pu avoir du mal à payer un roman d'avance. Les romans à sensation étaient publiés dans les journaux, et l'ODNB indique que Collins a été considéré comme l'initiateur du « roman à sensation », un terme utilisé par les critiques pour décrire ses quatre romans les plus connus écrits dans les années 1860. Ces romans sont *The Woman in White, No Name* (1862), *Armadale* (1866) et *The Moonstone.* Mary Elizabeth Leighton et Lisa Surridge expliquent comment Collins a également fait publier La *Pierre de lune* dans *Harper's Weekly,* un magazine littéraire américain. Elles affirment que le texte ressemble beaucoup au fameux diamant, car « le texte de Collins a circulé comme une marchandise sur le marché de l'édition » en Angleterre et en Amérique (2009 : 209), de la même manière que la pierre de lune a circulé sous diverses formes, comme celle d'un bijou ou d'un symbole religieux oriental. Leighton et Surridge soulignent également comment *Harper's Weekly* a transformé *la Pierre de Lune* en y incluant des images. Ils affirment que « les illustrateurs du *Harper's Weekly* ont choisi de renforcer l'atmosphère sensationnelle du texte de Collins au moyen de scènes interposées d'obscurité et de turbulence, de scènes de frontières et de franchissement de limites » (p. 218).

LA COMPAGNIE DES INDES ORIENTALES

La Compagnie des Indes orientales était une alliance commerciale entre l'Angleterre et l'Inde qui facilitait le commerce des biens de consommation courante ainsi que des stupéfiants et des nouveaux médicaments. Le commerce de l'opium était en pleine expansion à l'époque victorienne, ce qui explique son rôle dans le roman. Sutherland affirme que « le commerce de l'opium était justifié (dans l'esprit des colons) par l'insatiable demande britannique de thé et de soies, et l'obstination chinoise à refuser toute exportation réciproque de la part de l'Empire britannique. La seule façon d'équilibrer le commerce était d'imposer un produit aux Chinois » (p. xxi). Sutherland précise également que l'opium est le deuxième sujet le plus important du récit, car :

> « [L]e diamant est légué à sa nièce par un fumeur d'opium. Il est ensuite volé sous l'influence de l'opium. La solution du crime est mise en scène par l'application expérimentale de l'opium par un opiomane. Et, pour couronner le tout, le roman lui-même a été écrit par un autre mangeur d'opium, tellement drogué – comme il l'a affirmé plus tard – qu'il ne se souvenait même pas d'avoir écrit de grandes parties du roman. » (p. xx)

Par conséquent, la relation commerciale entre la Grande-Bretagne et l'Inde a motivé l'intrigue aussi fortement que l'écrivain.

POURSUITE DE LA RÉFLEXION

QUELQUES QUESTIONS À MÉDITER...

- Dans quelle mesure *La pierre de lune* présente-t-elle des formes de communication modernes ?
- Dans quelle mesure Franklin Blake doit-il être blâmé pour la mort de Rosanna Spearman ?
- Pensez-vous qu'il soit significatif que la grande majorité de l'intrigue se déroule dans le Yorkshire et non à Londres ?
- Peut-on considérer que Mlle Rachel était complice du vol pour protéger Franklin Blake, et quelles étaient, selon vous, ses motivations ?
- Qui est l'enquêteur le plus efficace, le sergent Cuff ou Franklin Blake ?
- Comparez les différents narrateurs qui apparaissent dans le roman. Certains d'entre eux sont-ils plus fiables que d'autres ?
- Quelles méthodes de surveillance sont utilisées dans le récit ?
- Dans quelle mesure le somnambulisme de Franklin Blake révèle-t-il l'évolution des connaissances médicales dans l'Angleterre victorienne ?
- Combien de « nouvelles » idées victoriennes Collins inclut-il dans son récit ?

AUTRES LECTURES

EDITION DE RÉFÉRENCE

- Collins, W. (1999) *The Moonstone.* Oxford: Oxford University Press.

ÉTUDES DE RÉFÉRENCE

- Free, M. (2006) "Dirty Linen": Legacies of Empire in Wilkie Collins's *The Moonstone. Texas Studies in Literature and Language,* 48(4).
- Leighton, M. E., et Surridge, L. (2009) The Transatlantic Moonstone: A Study of the Illustrated Serial in Harper's Weekly. *Victorian Periodicals Review,* 42(3), pp. 207-243.
- McCrum, R. (2014) An introduction to *The Moonstone. British Library.* [En ligne]. [Consulté le 5 décembre 2018]. Disponible à l'adresse suivante: < https://www.bl.uk/romantics-and-victorians/articles/an-introduction-to-the-moonstone>
- Peters, C. (2011) Collins, (William) Wilkie. *The Oxford Dictionary of National Biography.* [En ligne]. [Consulté le 30 novembre 2018]. Disponible sur: < https://doi.org/10.1093/ref:odnb/5961>
- Sutherland, J. (1999) Matériel d'introduction à *The Moonstone* de Wilkie Collins. Oxford: Oxford University Press, pp. vii-xlix.

ADAPTATIONS

- *The Moonstone.* (2016) [Série télévisée]. Lisa Mulcahy. Dir. Royaume-Uni: BBC.

Votre avis nous intéresse !
Laissez un commentaire sur le site de votre librairie en ligne
et partagez vos coups de cœur sur les réseaux sociaux !

lePetitLittéraire.fr

- des analyses de livres
- des fiches de lectures
- des commentaires littéraires
- des questionnaires de lecture
- des résumés

**Retrouvez
notre offre complète sur
lePetitLittéraire.fr**

www.lepetitlitteraire.fr

ISBN version numérique : 9782808684705
ISBN version papier : 9782808685504
Dépôt légal : D/2023/12603/1050

Conception numérique : Primento,
le partenaire numérique des éditeurs.